浦阳风物旧咏

浦江县档案局 编

黄河出版传媒集团
宁夏人民出版社

图书在版编目(CIP)数据

浦阳风物旧咏 / 浦江县档案局 编 . —银川:宁夏人民出版社,2019. 4

ISBN 978 - 7 - 227 - 07039 - 9

Ⅰ. ①浦… Ⅱ. ①浦… Ⅲ. ①诗集 - 中国 - 当代 Ⅳ. ①I227

中国版本图书馆 CIP 数据核字(2019)第 079993 号

浦阳风物旧咏 浦江县档案局 编

责任编辑 杨敏媛
责任校对 陈 晶
封面设计 文飞燕
责任印制 肖 艳

黄河出版传媒集团
宁夏人民出版社 出版发行

地 址 宁夏银川市北京东路 139 号出版大厦(750001)
网 址 http://www. yrpubm. com
网上书店 http://www. hh-book. com
电子信箱 nxrmcbs@126. com
邮购电话 0951 - 5052104 5052106
经 销 全国新华书店
印刷装订 四川金邦印务有限责任公司
印刷委托书号 (宁)0013110

开本 880mm × 1230mm 1/ 32
印张 4 字数 100 千字
版次 2019 年 7 月第 1 版
印次 2019 年 7 月第 1 次印刷
书号 ISBN 978 - 7 - 227 - 07039 - 9
定价 60. 00 元

目　录

浦阳十咏

［元］柳　贯

仙华岩雪

冰柱浮空晓色蒙，
海波摇动玉玲珑。
九清内景游纷外，
五岳真形太素中。
微月升坛初映鹤，
长云连野不惊鸿。
仙姬宴坐瑶池上，
催捧蟠桃献木公。

白石湫云

白石灵山望赞皇，
湫潭此复见苍苍。
飘扬直欲凌三际，
肤寸犹能雨八荒。
空外金精悬太白，

泉中虬彩化长黄。
传芭奏罢神弦曲，
松盖成阴泽气凉。

龙峰孤塔

两环日月似飞梭，
鳌背棱棱窣堵波。
朱鸟前头森赑屃，
苍龙左角见嵯峨。
玉函舍利朝光现，
珠斗阑干午影过。
浩劫浮云开万象，
宝华杂沓散芬陀。

宝掌冷泉

一勺曹溪未是甘，
刺山容易出飞泉。
消融太古岷峨雪，
澄映中秋沆瀣天。
挂树青猿窥洗钵，
眠沙白鹿伴安禅。
岩龛无缝身如石，
逆数高僧入定年。

月泉春涌

有盈有泚即寒泉，
犹隔芦峰道里千。
岳麓云深藏策处，
匡山人老读书年。
松楠叠影青浮几，
华树生香晚入筵。
稽首堂中两夫子，
六经言远视如天。

潮溪夜渔

溪水添流到石矼，
小家残户占渔商。
蛟龙未解乘云气，
鱼鳖安能避泽梁。
两岸栎林藏曲折，
一篝松火照微茫。
淮夷固有玭珠颗，
往往钩深得夜光。

南江夕照

千峰不尽夕阳孤，
敛翠浮丹入画图。
塔庙傍连山影直，
石梁中亘水痕枯。
白鱼在汕将踰尺，
红稻登场稍似珠。
玉露金风秋最爽，
跳身何用市间壶。

东岭秋阴

半里官桥出市阛，
一团秋色破孱颜。
云开浩荡初疑曙，
日出苍凉不见山。
断雁残鸿飞杳杳，
绿芜红叶映斑斑。
去年菊蕊今年发，
拾得篱边句子还。

深袅江源

滥觞初不满瓶盆，
百谷浑浑一壑吞。
自此安流输渤澥，
放渠高浪蹴昆仑。
出山未适帆樯便，
竭泽毋庸罔罟繁。
谢客题诗曾宿处，
孤云落日是何村。

昭灵仙迹

芝掌中开颢气青，
云軿双驾凤凰翎。
因山不启轩辕鼎，
化石犹联婺女星。
磴道芳春琪树长，
岩扉清昼碧华零。
真仙帝遣司风雨，
唤起渊龙听指令。

浦阳十景

［元］吴　莱

仙华岩雪

手倚晨扃一渺漫，
山神拥出玉巑岏。
光侵道者祠星室，
迹破樵家斫药坛。
石笋撑空穿宿暝，
天机织素挂余寒。
俄然唤醒西南梦，
怕作松州徼外看。

白石湫云

独上南山最上头，
朝脐一点便成湫。
岩腰动石风初起，
海眼输泉雨欲流。
蜥蜴含珠光照夜，
丰隆卷铁黑沉秋。

明当去挟骑龙叟，
直到扶桑第几洲。

龙峰孤塔

老眼前头尺五天，
真龙角上正攀缘。
规模白马驮经过，
想象玄鳗护塔眠。
梵呗将回知磬绝，
神珠欲陨见灯悬。
何妨宴坐初禅界，
蠛蠓纷飞即大千。

宝掌冷泉

乍拨山亭木叶堆，
老僧千岁喝岩开。
天从白石云根出，
地带青泥雪髓来。
竹影自深斜映月，
鱼腥不到半凝苔。
世间梦渴知多少，
可待金茎露一杯。

月泉春诵

古木丛中息世喧，
老生力学掩溪门。
危弦未绝人须听，
蠹简多忘我欲温。
白兔流光分石色，
苍龙拥沫验沙痕。
从今更浚源头水，
莫待投胶与救浑。

潮溪夜渔

昨夜寒潮与此通，
荒溪尚趁百川东。
行依柏树林头月，
钓拂芦花屿畔风。
插竹侵沙鱼扈短，
篝灯映草蟹埼空。
太公远矣吾将隐，
赤鲤何书在腹中。

南江夕照

偶出官桥倚落曛，
诗家触景谩纷纷。
弹琴在峡惊闻瀑，
罨画为溪喜得云。
竹筱晚深樵弛担，
莎根秋短牧归群。
道旁更有枌榆社，
欲脱蓑衣借酒醺。

东岭秋阴

几点晴云着树梢，
寒山苍莽类城壕。
鸡豚日落声相接，
鹳鹤风凉势自高。
小径残榛分岭脊，
平畴净绿带溪毛。
朝来雨足多秋意，
井上无人事桔槔。

深袅江源

半绕山根但一洼，
真源凿破杳无涯。
清澄灌或于陵圃，
窈窕寻犹博望槎。
积雨冲堤蜗自国，
微烟羃渚鹭专沙。
欲行复坐皆云水，
只属骚人与钓家。

昭灵仙迹

一掌嵯峨是玉京，
连峰欲向鼎湖倾。
高张铺座龙随下，
静拥珠軿虎独行。
白雪松扉双立影，
清风药井倒吹声。
长歌为问西王母，
却把荷花与送迎。

奉和太常博士柳公浦阳十咏

[元] 钱惟善

仙华岩雪

仙华生白夜光澄，
五指分明最上层。
冰冻金茎承沆瀣，
月寒玉笋插觚棱。
麻姑扇盖从空降，
少女云軿自此升。
几欲凌空披贺氅，
刚风浩渺兴难乘。

白石湫云

雾雨深涵白石泓，
鱼鳞屋冷气轻清。
中藏异端成银瓮，
下隐神蛟见白婴。
岩客栽诗春蔼蔼，

山灵泽物夜英英。
谁因肺渴优寒冽，
涧底归来更拾荆。

龙峰孤塔

岿然特立梵王宫，
梯级惟容鸟道通。
翠壁云横经劫火，
铁檐铃雨落秋风。
高标插汉苍龙左，
倒影横江白鹤东。
何日扪萝寻胜迹，
不愁千里目难穷。

宝掌冷泉

清冷寒沁白芙蓉，
灵物蜿蜒古有龙。
山见昙华森宝掌，
洞藏贝叶殷金钟。
听猿欲访三生石，
见鹤还疑五老松。
赤脚只从泉上去，
萧然卧雪看云松。

月泉春诵

泉在空山月在天，
东莱夫子武夷仙。
担簦有客来长白，
载酒何人学太元。
心印寒潭同皎洁，
书声春雨杂潺湲。
一灯肯借栖松桂，
饱听南熏鼓舞弦。

潮溪夜渔

鱼虾溪产正鲜肥，
水没芦花旧石矶。
笭箵候潮秋得计，
参差吹月暮忘归。
九渊贝阙疑龙国，
一道沤波似鲒琦。
黄帽棹讴回半夜，
船头高卧绿蓑衣。

南江夕照

目尽江南送夕阳，
空明直下接鱼梁。
千重云岫连平远，
五色霜林映渺茫。
孤鹜倒飞天上下，
长虹高卧水中央。
白云红蓼多秋思，
付与诗翁了醉乡。

东岭秋阴

青山失色映丹枫，
广野平林杳蔼中。
半岭无云时惨淡，
尺天不雨亦空蒙。
冥冥南向藏元豹，
漠漠东开见白鸿。
高处夕佳难揽结，
扫除阴翳待雄风。

深袅江源

深袅江源万古流，
溯洄谁解泛扁舟。
险疑滟滪来巴蜀，
高讶昆仑近斗牛。
混混直从开辟有，
洋洋未许网罗求。
东行顷过浦阳汭，
清咏难追谢守游。

昭灵仙迹

肌肤冰雪藐神人，
此地昭灵迹未陈。
华表鹤归终解语，
鼎湖龙起复攀鳞。
雨香宝穑琼田晓，
露冷琪花碧涧春。
仙驭时随青鸟去，
定陪昆圃宴群真。

浦阳十景

［明］潘　泰

仙华岩雪

仙华变幻原奇绝，
雪色妆来觉更雄。
屼见巨灵披鹤氅，
直疑砥柱插瑶空。
颉颃天际银翻凤，
婉娩冈头玉作龙。
不是乾坤真戏剧，
六阴有片妙无穷。

白石湫云

白石崔嵬天际外，
空清一派几龙眠。
日融潭顶浮晴霭，
风暖山头吐晓岚。
肯向江湖空自老，
直思霖雨济时艰。
分明一点丰年瑞，
莫作章云一样看。

龙峰孤塔

巍然古塔雄东镇，
龙德当年尚可瞻。
平地恍轩鳌极角，
半空忽露祝融尖。
千年岳渎增奇气，
万古乾坤壮大观。
觅句偶然撑眼到，
堂堂砥柱正中天。

宝掌冷泉

古洞东西悬两磬，
登临苍翠满衣衫。
清泉迸出寒龙湜，
孤掌撑开半壁天。
长老千年空卓锡，
人间万事总虚龛。
倦游拂坐松阴石，
静看闲云自往还。

月泉春诵

精舍清虚依水月，
六朝建制意何穷。
中原道脉还同派，
两浙儒流只二公。
济济英才从化育，
堂堂文运冠西东。
等闲不是咿唔地，
谁洗穹碑树旧风。

潮溪夜渔

天为人间无活计，
故令巨海达潮溪。
生涯幸小风波险，
雅味偏多鳜蟹肥。
活泼数声来极浦，
荧煌几点浸寒漪。
渔翁醉卧溪边月，
万事相抛总不知。

南江夕照

青山绿野南江景，
晚眺江干景愈奇。
远水长天真一色，
落霞孤鹜更齐飞。
渔樵沙际争归渡，
乌鹊枝头竞落晖。
缅想钱公当日盛，
辋川一画亦相宜。

东岭秋阴

半郭半郊东岭趋，
平原一望晚更幽。
轻烟漠漠千村雨，
宰木重重万壑秋。
桥锁清流堪濯锦，
山横好画足凝眸。
闲亭消得阴如许，
愿作甘棠散九州。

深袅江源

一气川流原有本，
个中孕得气无穷。
层峦叠嶂蒙泉外，
万壑千林一线中。
混混自然盈昼夜，
滔滔终究系朝宗。
俯思剩得观澜旨，
方寸源头即圣功。

昭灵仙迹

等闲都是神仙迹，
旷见昭灵别一州。
庙貌每依华岳冷，
精英常绕月泉幽。
待时直欲为霖雨，
嗟世荒唐说阮刘。
香火堂堂灵况赤，
万年民社奠神庥。

浦阳八景

［明］张应槐

仙华岩雪

耸壑昂霄挺玉壶，
岩容皎洁似仙姑。
瑶琳晌郭疑元圃，
冰柱吞江映镜湖。
堆絮凝寒驱暑气，
飞云如锦点清肤。
丹成少女灵长在，
为问轩辕事有无？

白石湫云

石白云生黑更浓，
深秋雷动欲从龙。
随车不用桑林祷，
焚魃何如灵泽封。
电闪卷藏金蜥蜴，
天空摧出玉芙蓉。

浦阳别有商霖在，
居向蓬莱第一峰。

龙峰孤塔

西来龙教自何年，
花雨缤纷塔影圆。
说法堂空频点石，
传灯土净欲生莲。
钟敲鹫岭真如现，
锡指潮音沙趨眠。
若得慈航离苦海，
壮心灰尽此逃禅。

宝掌冷泉

无削玲珑镇大荒，
吟龙先吸冷泉尝。
何来老衲传千岁，
携得高峰到上方。
宝掌有珠还的皪，
禅心无地不清凉。
却留浩劫间来往，
洞口云深日月长。

月泉春诵

泉自混混月自明，
天教泉月象亏盈。
和歌欲借阳春色，
起舞先闻弦诵声。
三峡雄源霏玉屑，
九霄清露吸金茎。
只今冠盖鸣珂里，
稽古宁忘宿昔情。

潮溪夜渔

溪头谁听浙江潮，
夜夜渔歌未寂寥。
沙影月移鸥半觉，
芦花风静浪全消。
但凭白鬓堆霜湿，
况有青蓑挟雨骄。
知是得鱼持易酒，
兴来莫惜隔波招。

南江夕照

薄暮南江兴欲狂，
图来胜似辋川庄。
水声断处啼归鸟，
山色迷中见夕阳。
倦足深云难觅径，
残花满屐不闻香。
谁能挽日成豪饮，
击筑和歌乐未央。

东岭秋阴

闻道东山是胜游，
萧森古道碧云浮。
参天乔木阴疑暮，
拂地凉风暑亦秋。
林鸟乍惊槐露滴，
征人几讶火星流。
若将此地成河朔，
投辖吾当十日留。

浦阳十咏

［清］曹开泰

仙华岩雪

危岩曾说鼎湖通，
芝掌擎天剑倚空。
深窦定留太古雪，
寒花又舞不周风。
缟衣漠漠连瀛岛，
玉宇皑皑耸碧穹。
姹女娉婷重到否，
欲将往事问龙公。

白石湫云

夺得灵湫雁宕来，
飞流恍惚入天台。
潭深时见孤云起，
雨降宁须咒钵催。
出岫无心苔磴滑，

微风掠面草花开。
老骊慎勿慵贪睡，
好溥甘霖润九垓。

龙峰孤塔

慈恩古塔旧知名，
此亦高标舍利城。
十级长年资镇压，
一铃谁听语分明。
矗空倚傍都无有，
阅世沧桑久不倾。
安得骑龙飞绝顶，
俯看培塿万峰平。

宝掌冷泉

勺水能飞六月霜，
劈开石穴走金浆。
名山要卓高僧锡，
甘露先凝选佛场。
半壁寒漪毛发冷，
一瓯新茗齿牙香。
游人内热知多少，
瓢饮何当满腹尝。

月泉春诵

名泉岂是昔时泉，
白月依然照讲筵。
嬴缩已难圭影测，
春秋犹喜诵声传。
悟生玉鉴冰壶裏，
梦绕鹅湖鹿洞边。
二老瓣香知有在，
天渊活泼是真铨。

潮溪夜渔

不学任公把钓钩，
不须严濑日披裘。
长溪自有多渔乐，
沿夜真堪举网收。
细雨一灯凫渚静，
残星几点蟹庄秋。
更阑江上潮来未，
泥饮聊拼欸乃讴。

南江夕照

江流谁碎碧玻璃，
白板桥边落日西。
倒卷林峦千片合，
横吞楼阁一城低。
水天客有桑榆感，
彩翠人疑罨画溪。
远树又看新月上，
渡头鸟雀自争栖。

东岭秋阴

从古悲秋唤奈何，
东山秋色兴偏多。
桥连谷口横松荍，
风送岩腰护薜萝。
淡淡绿烟人欲醉，
萧萧乌桕雁初过。
此间可有鸣阴鹤，
倘附同声一和歌。

深袅江源

南江直达浙江遥，
发轫涓涓浪未骄。
峡束两涯澄白练，
峰回九曲插丹霄。
坯胎不是清于镜，
澎湃安能汇作潮。
后海先河都若此，
请看沟浍涸终期。

昭灵仙迹

鼎铸荆山事岂真，
更传帝子是仙人。
药炉直溯洪蒙代，
画栋犹藏混沌春。
湘女宓妃皆后辈，
云辩雾驾感前因。
龙钟凡骨如堪换，
乞取黄芽养谷神。

浦阳十景和元待制柳公贯元韵

［清］卢　镐

仙华岩雪

扫尽尘寰浊雾蒙，
白毫千丈透玲珑。
莲宫捧出青霄外，
玉阙高悬紫极中。
欲采琼华烹石鼎，
几时元化探幽鸿。
乘槎若得通银浦，
不学回舟访戴公。

宝掌冷泉

阿耨池分一勺甘，
兜罗锦里挹飞泉。
快如佩剑能开石，
洁比方诸忽泻天。
掷瓦不来童子戏，

浣肠便会老僧禅。
清凉绝胜金茎露，
却笑铜盘铸汉年。

月泉春诵

传朱吕二先生讲学于此

还从月窟涌山泉，
晦朔盈虚岁历千。
雨笠魁儒曾接席，
春园社兴记当年。
波声徐应弦歌节，
佳色深环芹藻筵。
漠漠苔花埋古甃，
谁思吾道久经天。

东岭秋阴

振袂翩然出市阛，
秋阴薄薄弄晴颜。
石琴响作两三迭，
淡墨写成千万山。
返照射红川潋滟，
浓云衬绿树斓斑。
柴桑最爱东篱晚，
倦鸟归时犹未还。

白石湫云

老龙凿凿作堂皇，
呼吸升潜躆灏苍。
万户豚蹄祈即应，
七乡霖雨岁无荒。
如丝气上原鳞绿，
满壁云铺沙色黄。
素石苍松祠宇古，
蜿蜒时见戏清凉。

龙峰孤塔

金乌玉兔任抛梭，
镇住人间东逝波。
彩笔并山呈秀杰，
古锥挥汉占巍峨。
近临官道青旗绕，
遥想经函白马过。
最是夜深梵呗静，
几疑龙女侍盘陀。

南江夕照

淡红深翠雉楼孤，
宛似唐人着色图。
幽寺磬藏云暗暖，
归樵担杂叶鲜枯。
平林烟织家炊玉，
石獭波鸣鱼跳珠。
暝色苍苍从远至，
有人出郭尚提壶。

潮溪夜渔

策策堂堂正烧灯，
夜潮鱼计似谋商。
又宜炬引青枫岸，
网趁月明白石梁。
星黑鸣榔声杳杳，
更寒披笠雾茫茫。
醉眠芦渚云深处，
睡过扶桑放晓光。

深袅江源

云根乳窦才倾盆，
一出山来云梦吞。
学海几曾辞点滴，
龙门更自发昆仑。
穷源孰到星辰近，
逝水徒惊派别繁。
幸就先生桑梓地，
支筇敢倦向西村。

昭灵仙迹

霓旌翠盖降三清，
龙驾冰髯鹤刷翎。
云带鼎池萦宝气，
泉拖碧汉傍瑶星。
树迎少女明珠洒，
弦响空山花雾零。
莫怪纷纷奠兰桂，
和风甘雨是谁令。

浦阳十景

［清］郑晋卿

东岭秋阴

崇山峻岭护城东，
每到秋来荫蔽空。
拂面微风鸣竹叶，
如珠重露滴梧桐。
岚光掩映孤松秀，
林影幽深古道通。
遥指危楼高阁外，
数声归雁白云中。

仙华岩雪

天上白龙斗几回，
纷纷鳞甲落岩隈。
散花神女拈花去，
卧雪高人踏雪来。
兜率铺成银世界，

蓬莱幻出玉楼台。
轩辕欲赐仙姑粉，
装点胭脂有岭梅。

白石湫云

白石山腰吐白云，
朗吟诗兴老龙闻。
往来泽国风雷动，
呼吸潭心水浪分。
宁戚牛歌优灿烂，
初平羊叱起成群。
张公遗迹今何处？
留得残碑照夕曛。

龙峰孤塔

七级浮屠镇邑都，
仙华并峙岂云孤。
玲珑内外真忘我，
兴废沧桑阅尽吾。
影入棂窗窥圣学，
光含舍利现龙珠。
胡公法笔凌云上，
写出天文日月图。

月泉春诵

泉倍清兮月倍明，
二公绛帐盛名扬。
盈虚消长凭弦望，
桃李芳菲即简狂。
地满蟾辉流玉屑，
花飞水面叹文章。
渊源皎洁高千古，
回首人琴已渺茫。

南江夕照

独步南郊兴正阑，
江城满望夕阳残。
浮来水面金千缕，
架住山头火一团。
傍岸吹归群牧笛，
斜晖尤照钓鱼竿。
隔滩几处寒烟起，
谅是人间煮饭餐。

深袅江源

万派朝宗入海门，
浦阳江上欲穷源。
岩飞瀑布流星落，
石激洪涛逸马奔。
浩浩无涯难蠡测，
涓涓不竭起云根。
西来深袅投东去，
一带纡回绕郭村。

宝掌冷泉

飞锡名山宝掌开，
明珠显出冷泉胎。
一泓能解相如渴，
千岁曾传长老怀。
翘首高峰参北极，
清心甘露自西来。
云封洞口僧何在，
流水猿声动暮哀。

潮溪夜渔

早潮已退晚潮过，
浦汭滩头夜夜歌。
两岸苍茫烟水阔，
一声欸乃蟹鱼多。
轻舟逐浪收渔网，
短棹随风荡月波。
佐饮肥鲜今已具，
未知酒价近如何？

昭灵仙迹

共说仙华绝俗尘，
轩辕少女得天真。
云烟满罩香花祝，
瀑布连声俎豆陈。
琼鸟莲台双凤阙，
鼎湖圣驾六龙驯。
御尖捍患昭灵迹，
泽披闾阎处处春。

浦江道中（三首）

［南宋］郑刚中

瘦骨岩岩祸患余，
追随人事愈驰驱。
何时洒扫松楸畔，
小盖茅庵只读书。

篮舆风紧揭疏帘，
雨着春衣润欲粘。
满眼阴云压平野，
此时怀抱恶憎嫌。

寒梅蓄积香成蕾，
古柳安排绿入绦。
景物年年觉新好，
所怜幽独自萧骚。

感泉溪诗

［清］童家庆

胎分派合一泉溪，
蜿蜒无波声自澌。
鸡犬却闻流水外，
杏桃斜映碧沙堤。
小桥平渡云间日，
渔子垂纶路转迷。
今日武陵谁做主，
濯缨童稚傍荫栖。

宿花桥遇雪

［明］陈廷玉

四阳壮长宜加暖，
六出何期飞满天。
征鸟寻窠鸣失树，
行商望止叹难前。
加衣不得羔裘便，
向火焉能兽炭添。
此际慎毋嗟独冷，
端为祥瑞兆丰年。

花桥附近山头偶成（二首录一）

［民国］毛淳民

帐望平原无战马，
声声逼近尽胡笳。
可怜城郭花开日，
从今已不属中华。

文溪十二景

［明］佚　名

文溪钓月

月转文溪潋滟波，
分明玉兔浴银河。
纶沉六尺投芳饵，
浪激三层骇素娥。
为爱嘉鱼思望切，
不知深处有无么。
江空夜静徘徊久，
愿获鳞鲜不在多。

大渡问鳌

神鳌灵异负雄名，
来遁深溪爱水清。
浪滚浮红知日吐，
波纹漾碧为风生。
不同鳣鲔凌时蜮，

能触蒲牢夜战鲸。
明月临溪来访问，
莫教风雨泣残更。

龙峰远眺

人不登高瓮裹天，
高瞻天外远无边。
四方风物胸中贮，
万里乾坤心上悬。
遍阅重瞳周世态，
还将巨笔骤云烟。
试将经史参来看，
千古相符万类全。

豹窟乐耕

东南其亩赖前人，
豹窟安闲足避身。
雨过山前耕绿野，
风来陌上拂轻尘。
三时勤苦怜溪暮，
万顷生涯向早春。
一帙汉书犹挂角，
谁言戴籍尽灰秦。

常乐祀祖

先人既逝后人思，
祀祭春秋敢失期。
牲帛兢兢遵定制，
礼仪楚楚酌时宜。
堪夸子姓能崇孝，
更喜山堂敬立祠。
百世相承应勿替，
咸时追慕莫迟迟。

明德谒禅

广明山下访招提，
曾与高僧订会期。
松榻坐来风觉静，
竹床入定日潜移。
莫谈范蠡扁舟乐，
漫说陈平六计奇。
万感不交尘处息，
一圆空寂许谁知。

花桥顾牧

人言贵贱不同群，
刍牧看来尚可亲。
从此乘田闻大圣，
秉心骍牝岂庸人。
此时劳役虽卑屑，
他日奇谋拟上陈。
穷达有时应莫料，
阴崖未必不逢春。

桃岭询樵

携筇漫步访桃林，
荷担归樵出谷深。
尽道微言涵至理，
固知俚语妙徽音。
息肩亹亹闻他论，
详味孳孳契我心。
有益嘉言虽一句，
胜过遗我满赢金。

南村观稼

南村步跳半桑田，
旱潦储防水满川。
妇女携筐非敢后，
儿童牵袂竞争先。
芃芃竟亩膏阴雨，
彧彧连阡布暖烟。
鼓腹太平歌一曲，
人人尽道是丰年。

北陇探梅

孤梅观久昔人栽，
占得先春独早开。
郄有逋仙乘鹤至，
岂无杜老蹇驴来。
棱棱铁干联苍玉，
馥馥琼英点翠苔。
扶杖漫寻南涧洛，
循芳特诣北山台。

银坑春望

志在明山览胜游，
名山胜槩赛芳邱。
山花曲径深岩路，
野草平沙浅水洲。
花瓣点衣堪入画，
柳丝拂袖可怡眸。
不需朝野纾朱紫，
爱作山林一素侯。

金坞秋思

万里西风动客愁，
适闻樵角起城头。
山川浦汭常如旧，
烽火咸阳炽若休。
天下四时秋气惨，
人间千载世情浮。
旅由金坞思归去，
搔首无言独倚楼。

旗纛山

［明］毛凤韶

山名旗纛镇江东，
峙列君门气象雄。
左接龙峰晨日起，
右联豹窟暮烟空。
气蒸草树连云黑，
霜染枫楸胜日红。
人杰地灵钟秀气，
后贤应有将家风。

龟山八咏

［明］盛国珍

龟山辨碣

祠显龟峰昔所闻，
来游止见断碑存。
藓苔周匝新沙径，
榛莽丛生旧石门。
莫谓登临伤往事，
要摅谈笑后吟魂。
放歌屐齿经行处，
印却沙苔翠有痕。

叶岭哦松

一览群山叶岭高，
乔松挺拔壮南皋。
云开喜见筛金月，
风渡惊闻涌翠涛。
封号可嗤嬴后吕，

抚观还忆晋臣陶。
诗成欲纵豪吟兴，
只恐溪山鬼魅号。

太山扫墓

太山龙踞万山朝，
一水盘环万里遥。
郁郁佳城良璧瘗，
森森乔木庆云饶。
鹃啼夜月遗悲怨，
蝶舞春风作纸飘。
庆衍云礽寒食候，
英魂还听楚辞招。

郭坞遐思

天造明山美崒斯，
千年见日旧镌碑。
牛眠胜地缘陶侃，
马鬣高风属子奇。
罔极几垂扳柏泪，
感时当到扫松悲。
人生到此成长夜，
子姓相承起孝思。

龙梦独眺

龙崖登眺觅春风，
争讶游仙在半空。
俯仰乾坤分上下，
盘环吴越隔西东。
久惭蟾窟无梯入，
始信天门有路通。
一豁襟眸多少阔，
江山收拾笑谈中。

马埠逢奇

骢马桥来访哲人，
哲人长逝几经春。
更无白发耆英问，
谁羡青篇翰墨新。
流水涓涓徒聒耳，
香尘苒苒讶沾身。
濯缨不遇知音侣，
安得欢然语笑频。

寿溪垂钓

千载年来重钓台，
凫矶兀坐更徘徊。
谁知云路功名客，
便是烟波隐逸才。
渭水玉璜周望远，
桐江丝竹叹疑猜。
寿溪风月将终乐，
犹恐征书指日来。

彦畈更畲

桑柘联阴野草塘，
荷犁春透杏花香。
仓庚懒语游情倦，
布谷频催举趾忙。
东作甫能勤万亩，
西成奄见足千仓。
岂知莘野来三聘，
蓑笠终当入庙廊。

柳博士自太常出提举江西儒学来访宿山中（二首）

［元］吴　莱

一扫空山鹿豕踪，
车如流水马如龙。
黄麾法杖知宸辇，
青史勋名问景钟。
宣室受厘端有召，
曲台传礼尚为容。
少年作赋将投献，
东北孤云是岱宗。

尚有欧曾旧典刑，
森然人物照青冥。
身从北阙攀燕桂，
梦压西江食楚萍。
万里毳袍春值雪，
千年龙剑夜占星。
此身恨不轻簦笈，
的的根源在一经。

吉祥寺

［元］吴　莱

一昔逢寒食，
行吟采物华。
风生敲槛竹，
雨湿堕船花。
曲坞青龙树，
长滩白鹭沙。
回看江上水，
直去到吾家。

读书吉祥寺

［明］陈廷玉

厌见红尘逐眼前，
携书到此乐盘旋。
方塘似鉴满云影，
古木如龙吸地泉。
竹院有风琴更响，
月台无客犬当闲。
坐余不觉心神爽，
饯日西山赖去眠。

深袅山寻吴渊颖先生故宅

［清］朱兴悌

深袅留余址，
行行上翠微。
一溪诸涧合，
三径万峰围。
石瘦松根老，
春深蕨菜肥。
着书人不见，
极目有斜晖。

庐江四景

［民国］何士先

芙蓉峙北

高出仙华第一峰，
吴溪隐士尚留踪。
岩扉出没松雪合，
花木幽深竹径通。
岂是首阳赓绝调，
伊谁采莒陟遥空。
我生好入名山望，
无奈穷奇命不同。

枭水流东

莫言枭水源流小，
源远流长旺气钟。
一带如虹分脉络，
百川学海此朝宗。
善宜鉴物尘心澈，

清可濯缨理境逢。
浦汭由来详邑志，
地因人杰记芳踪。

珠山作障

珠山秀出野云低，
障尽源流倒碧溪。
天水岚光相掩映，
昭灵仙迹见依稀。
径回峰转疑无路，
柳暗花明又一堤。
俯仰堪舆参妙理，
岂因廖赖性沉迷。

狮象为屏

峻石巉岩威虎豹，
孤峰傲兀慑熊罴。
层阴绕郭千重锁，
积翠当门五色旗。
伊水荆山钟秀异，
玉毛金爪显英奇。
愧无击象凌云志，
空自萧骚爱作诗。

翠微楼九日落成

［南宋］谢　翱

岑楼九日初落成，
岚气烟光绕坐屏。
晋后白衣今代至，
吴中黄菊夜来醒。
月侵竹户窥人语，
江过山城入水经。
凉梦不知巾帨动，
幽栖可要在岩垧。

吴仲恭翠微楼九日落成和谢翱

［南宋］方　凤

楼成楚菊芳菲候，
客凑齐山酩酊期。
与俗相追何日了，
登高一啸洗秋悲。
望穷碧落鸿飞外，
归恋清樽月到时。
野服从北近萝薜，
西风尘土莫轻吹。

慈竹堂阴长露梢，
又添杰阁俯江郊。
眼空霞锦疑鸿字，
手摘松枝碍鹤巢。
野月散衣间弄笛，
墟烟隔水见编茅。
望中尚与渔樵接，
若处真能广绝交。

翠微楼对竹会饮

［南宋］方　凤

缥缈飞楼修竹裹，
珠帘半卷清风起。
月明十二画栏空，
美人遥隔湘江水。
夜深吹彻玉参差，
引到丹山彩凤仪。
还倚仙翁九节杖，
翠云深处望安期。
楚调歌残仍击节，
檐外纷纷落苍雪。
楼头醉卧笑元龙，
一片岁寒心似铁。

家庆堂

［明］郑 𤒹

翠微楼前江水绿，
翠微楼中书满屋。
良辰置酒会宗亲，
一姓同堂俱望族，
吴溪硕德称文翁。
年临耳顺天所从，
琴瑟谐和齐皓首，
芝兰毓秀咸雍雍。
黄花九月风露早，
绥山蟠桃采来好。
相看惬似瑶池头，
曾记麟溪觉轩老。
昔时与结平安亲，
只今又见延陵孙。
桑榆晚景世难遇，
金兰契谊何须论。
先生与人交有道，
玉季金昆皆寿考。
一门家庆写作图，
索我长歌歌浩浩。

家庆堂

［明］郑　熜

君不见深袅山中吴溪曲，
南极星明照华屋。
先生华诞九月天，
满眼儿孙岂非福。
斑衣戏舞献霞觞，
黄花正吐秋风香。
团圆家庆咸趋跄，
喧哗共咏歌声长。
吾知先生百不忧，
怡然偕老齐白头。
自欢自乐得自由，
何须贵显封公侯。
先生积德足怡悦，
芝兰挺秀皆人杰。
吉祥天报由善人，
福禄来臻非易及。
自惭学陋材不全，
托交愿比金石坚。
麟溪吴溪世姻连，
春花秋月年复年。

附和景昌太祖春日田园杂兴

[明] 黄时荣

春日春风春草肥，
农桑未了故人稀。
稻粱有种秧先插，
桃李无言花自飞。
负耒直看驯白鹭，
挥锄不解掷金衣。
旋归醉饮黄昏后，
山月斜穿白版扉。

和　韵

［明］黄时雨

春入田园雨后肥，
去年风景总依稀。
一犁健犊耕还辍，
满树流莺啭欲飞。
负曝坐空青草岸，
挥金锄破绿苔衣。
归来唤仆休农圃，
展卷开樽掩竹扉。

和　韵

［明］黄时亨

东风细雨土膏肥，
陇陌游人渐觉稀。
布穀几番催种过，
狂蜂一任衬花飞。
秧针插破烟连水，
菜甲移来香湿衣。
力倦扶筇归去晚，
闲吟独自掩柴扉。

过吴渊颖墓

［明］张德庆

落日凄其断水痕，
徒将孤愤破黄昏。
悲风独下羊昙泪，
衰草空迷望帝魂。
天上已知容处士，
人间谁复问王孙。
石碑古篆看明灭，
怅望遗文酒一尊。

秋末过明德寺

［清］秦文超

平林远处隐僧楼，
入径松杉翠色浮。
红叶经霜浓与淡，
白云带雨去还留。
禅如有悟花能语，
法到无言石点头。
却喜闲吟过半日，
不须方外更寻幽。

乙巳冬宿明德寺听月轩

［清］秦文超

不觉前山暮，
星光射碧丛。
花香灯影裹，
梵呗树声中。
未辍忧时念，
常深尚友衷。
夜清频听月，
传语有西风。

行界牌源道次小憩民舍

[元] 柳　贯

小谷疏林受数家，
年芳犹有刺桐花。
白云不为青山地，
截断前峰两髻丫。

卷桐为角写乌乌，
吹断行云日未晡。
雅郑亡来宁有谱，
南音何得更函胡。

吴清翁石桥

［南宋］方　凤

金椎谁奋破山霆，
趋石浑疑走六丁。
间道便须横䗖蝀，
长竿先已竖蜻蜓。
济川作略君堪纪，
吟雪行藏我欲经。
领取溪山好风月，
更看高架翼然亭。

东岩庵

［宋］黄震龙

强结东岩屋数间，
拓基碍石欠疏宽。
山重幽影市声静，
树密阴深鸟语欢。
夹径栽松供日涉，
沿堤植果佐朝餐。
客来莫说穷通事，
年老寒暄只问安。

游东岩

［清］张用璐

东岩峥尺壁，
林际路迂回。
松子已微落，
藤花纷自开。
谷虚容磬到，
云破见僧来。
引我探莲社，
孤香袅石台。

壬午九月十六日游东岩

［清］黄正鉴

此地曾经梦裹思，
同侪今日幸游之。
数茎秀竹闲幽径，
几点残花缀冷枝。
寂寂楼台随岸曲，
层层石壁与山宜。
此间真是清虚境，
元度何时得再携。

宿保安寺

［南宋］方　凤

扪萝山迳迴，
流水石桥分。
一雨过秋寺，
千峰生暮云。
望穷迷野色，
沙远见鸥群。
烟蔼苍茫外，
寥寥清磬闻。

溪行望保安寺有怀倪文卿

［明］朱君正

极目只园古树侵，
沄沄绿水漾烟浔。
只余抔土孤坟在，
无复萧斋往哲临。
经世文章空负骨，
穿林钟磬静传音。
溪声山色还同旧，
高士风流何处寻。

游保安寺

［清］芮　虞

福地藏深坞，
春游跨绿湾。
磬声穿竹径，
鸟语出松关。
法镜空无我，
流泉去不还。
道心从悟人，
自在越人寰。

过倪石陵墓

［清］朱　寓

奇谋不用竟长眠，
侠骨深深闷九泉。
肉食君臣甘割地，
布衣男子枉呼天。
图经四壁埋荒草，
麦饭千秋享野田。
莫憾平生知己少，
龙门前有一龙川。

谒倪文卿先生墓

［清］朱兴悌

草莽书生依宋土，
北望中原思艺祖。
宫车泪漉牟驼岗，
雪耻不忘缚金虏。
袖中拟上中兴书，
满壁张图森部伍。
布衣老不挂朝缨，
慷慨大声叱广武。
天涯沦落莽萧萧，
谁其知者陈同甫。
石陵原上高士坟，
伫立苍茫为怀古。
风流消歇七百年，
万树秋声啼杜宇。

五路岭

［北宋］强　至

一径高盘十里余，
人心马足厌崎岖。
只凭顽石专为险，
不识青云自有衢。
地气难通树多瘦，
阳晖应近草先枯。
我行方欲奋遐跖，
顾尔安能碍坦途。

过五路岭

［清］李　渔

行到云中寺，
人疲尽欲眠。
仰观犹在麓，
俯视已居巅。
宝掌成双峙，
仙华只一拳。
谁知绝顶望，
未及太阳肩。

珠山吟集

佚　名

珠山

宅堂后嶂号珠山，
圆净丰隆镇广原。
逶迤地脉来深袅，
珍重天生向浦南。
秀夺江山占美丽，
气分光岳毓英贤。
钟灵荫佑生申甫，
麟趾螽斯什百年。

游狮子岩

理罢珠山家乘余，
邀当散步觅幽居。
崎岖僻径难容马，
窈窕穷原不用车。

石穴恍从天半豁，
清流多自石闲输。
扪萝登履徘徊后，
坐憩林间听木鱼。

过沉湖塘

水镜澄清顷千开，
凭虚纵目若无涯。
朝天巨鲤随波跃，
驾雾神蛟带雨来。
风起千纹铺锦绣，
日晴四岸悉蓬莱。
天光云影虽浮上，
俯瞰无余旷我怀。

登小高塘山

［民国］张受之

平原崛起一名山，
乘兴登临力不悭。
俯瞰端头如小阜，
回瞻水口似重关。
倦归心学彭公隐，
老去泪怜叔子潸。
近有敝芦容偃息，
撷芝采蕨觉幽闲。

拜端头观音

［民国］张受之

端头发脉自珠山，
难得慈航带笑颜。
万串牟尼堆累嶂，
千年香火遍尘寰。
后塘清净莲花放，
古刹庄严梓树环。
一瓣心香祈法雨，
残香洗罢赋闲闲。

题光风霁月楼

［南宋］方　凤

人间底处无风月，
知用何时最佳绝。
芳播崇楼淑气浮，
影涵古桂清辉发。
向来雅重无极翁，
洒落襟怀与此同。
去之百世犹仿佛，
宛见道貌匡庐中。
谁题品语黄太史，
大书四字紫阳子。
今从建水得此本，
如拾玭珠卷文绮。
携归八咏双溪州，
晏然直与造化游。
无边妙处乃萃此，
韪矣君家百尺楼。

题光风霁月楼

［元］陈公凯

红尘飞不到，
明爽此楼居。
万象春和气，
一轮秋太虚。
重温涪老语，
于灿晦翁书。
妙处自领会，
主人心豁如。

上巳游龟山

［明］陈子同

淑气熏人三月天，
胜游随处爱流连。
山花满目供吟赏，
路草凝香挽醉眠。
曲水遗风还可继，
舞雩归咏尚堪传。
人生俯仰成今古，
行乐何妨及少年。

月泉

［元］吴 莱

大区何浑沦，
元气乃潜泄。
忽然为山水，
无往不融结。
遥天偶一照，
厚地空余洌。
盈将光共生，
涸与魄同灭。
玄机自消长，
至理谁圆缺。
发挥虽有在，
窥测尚未决。
枯查曾几栖，
断洑遽中裂。
半倚岚翠云，
微通海潮雪。
昔人来推求，
于此得表蕝。
虚亭奚其敞，
静湫独不咕。

岁年竟悠远，
沙石渐填咽。
宁加疏沦功，
肯使见闻亵。
恍疑合图经，
环坐列稚耋。
倘非蟹投碕，
几类鲋处辙。
纤纤浮晶彩，
湛湛浸寥泬。
旧观方尔还，
真源可吾绝。
争言彼月行，
岂为兹泉设。
萧丘胡长寒，
汉井或再热。
逝寻白兔公，
直探神龙穴。
狂歌水仙词，
击碎如意铁。

咏月泉

［元］徐木润

兹泉以月名，
与月共亏盈。
万古自辉映，
一泓常湛清。
地通沧海脉，
气合太阴精。
未尽形容妙，
余诗想象成。

咏月泉

［元］唐高镕

金波汇其余，
随波迭盈虚。
潮不异庐涧，
泄非长尾闾。
照形逃罔象，
流彩恋蟾蜍。
岂比无源潦，
才能满即除。

月泉怀古

［明］郑守儒

疏林衰草讲堂深，
往哲芳纵喜乍临。
朱吕谈经传绝学，
方吴吟社有遗音。
几番穿凿泉非旧，
一鉴清寒月到今。
为语游人休浪汲，
渊源还向个中寻。

月泉书院

［明］盛　夬

吾邦宗丽泽，
似觉月泉小。
泰山俯云亭，
乔松施萝茑。
干淳大儒出，
天下同师表。
惟我父母邦，
涵濡深更早。
畏垒化庚桑，
晋人咨师道。
乡称丽泽规，
家诵成公稿。
尸祝到精庐，
百年荐芹藻。
浦江北山北，
分祠殆非矫。
当时紫阳翁，
切磋互相考。
大名垂宇宙，
过化其音昭。

并祀两夫子，
月泉未易少。
但恨碑者谁，
潮月征卢肇。
明魄易其位，
视月目犹眇。
举此酹儒先，
神或吐觞醥。
山水护儒宫，
褒衣垂大袑。
江汉以濯之，
吾道元皓皓。
作诗语同俦，
路迷须见晓。
九轨鸣和鸾，
慎勿从骖筱。
明月照空潭，
万丈云阴扫。

月泉书院怀古（四首）

［清］朱兴悌

化雨当年精舍开，
考亭讲学与东莱。
须知杖履名贤集，
共企渊源胜地陪。
泉脉于今仍泼泼，
月轮终古总皑皑。
寻幽莫负高山仰，
先觉堂中泽未颓。

云亭深处路萦纡，
吟社由来韵事殊。
遗老标题曾制锦，
名流雅士亦联珠。
春风栗里心堪赏，
化日桃源迹未枯。
剩有田园探杂兴，
分明一幅辋川图。

离骚读罢问苍旻，
曾憩当年汐社人。

燕北不归文相国，
台西长恸宋遗民。
冬青有树埋陵骨，
晞发无家剩只身。
魂到月泉仍俎豆，
不将许剑委沉沦。

春诵依然碧水盈，
缅怀古社读书声。
河东博士匡庐句，
深袅山人蠹简情。
午夜开帘窥皓月，
凌晨把卷听啼莺。
沉吟讲席今犹昔，
谁与金兰订旧盟？

月泉书院怀古

［清］ 楼承顺

月泉泉应月，
千载涤尘襟。
地与清溪近，
云含古树深。
芳怀依讲席，
梵语杂书音。
道脉传朱吕，
徒惭私淑心。

洗砚池

［清］楼承顺

爱尔一泓水，
名标翰墨香。
雀砖滋玉润，
鸜眼发金芒。
麝气临风远，
煤痕带雨藏。
那须春草梦，
吟兴此偏长。

月泉书院课士

［清］张守宷

胜地宜春诵，
还将坠绪寻。
月防盈处仄，
泉悟浚时深。
诗社关名节，
书堂阅古今。
何当盟往哲，
共励圣贤心。

月泉书院口占

［清］张邦彦

胜赏曾经证昔贤，
盈虚悟道一青毡。
问渠消息归何处，
泉在池中月在天。

月泉鼎新

［清］张守通

别业关名教，
重辉古月泉。
寒波无昔影，
正学有遗编。
朱吕神如接，
方吴诗更翻。
地非鞠草日，
人是拨云天。
好雨连新榻，
清风理旧弦。
境幽僧习静，
士奋吏称贤。
合浦珠仍合，
圆灵镜复圆。
溪门吟活水，
蔚起大薪传。

春日游西山

[北宋] 陈亨济

一春连雨始开晴，
万物欣欣尽发荣。
山色净含千古意，
江流不断四时声。
菜花篱落丛丛蝶，
杨柳溪桥处处莺。
抚景畅然心独远，
沧浪随兴濯尘缨。

伏蟾山

［元］陈　樵

山上飞云去不留，
山中蟾兔又经秋。
斗临河曲侵鹑尾，
露上莎根到草头。
绿桂花中歌白苎，
碧梧影裏饭青牛。
有时竹上蟾蜍下，
满腹丹书湿欲流。

筑新居

［元］戴　良

挈杖去中林，
卜宅江之边。
江边多故庐，
改筑架斯椽。
左右皆废墟，
南北尽颓垣。
昔人固不留，
遗迹尚依然。
因之悟物理，
盛衰恒递迁。
世既异市朝，
海亦变桑田。
古来皆有是，
念此一长叹。
何以慰我怀，
斗酒倾前轩。
百世非所知，
聊且乐当年。

天机流动轩

［清］陈毓秀

投身吴越罗昭谏，
卜卦桥亭谢迭山。
谁识余公门下士，
黄冠原不望生还。

浦署十二咏诗

［清］秦文超

挺秀楼

地挟仙华胜，
巍楼实壮哉。
五峰如掌列，
一水自天来。
咳唾银河落，
瞻依碧汉开。
凭高思愈下，
何以慰蒿莱。

醉雪亭

仙吏何时去，
兹亭亘古新。
心融千岭雪，
人醉一杯春。
花影摇红玉，

霞光落翠茵。
清风时入座，
扫尽玉阶尘。

惜阴轩

莫恨流风速，
韶华只自知。
昔贤常爱日，
吾道在乘时。
今古花千树，
乾坤酒一卮。
且将眼前意，
端坐可凝思。

洗砚池

半亩方塘水，
时闻墨沈香。
顾兹一片石，
千古有光芒。
花逐轻云落，
鱼依密藻藏。
幽情殊未已，
应与碧流长。

射圃

却幸留余地，
能教心目开。
松云拖绿去，
柳眼送青来。
自昔行王道，
何尝少将才。
政闲时较艺，
豪气不摧颓。

陆舫

一室生虚白，
如乘江上舠。
叶光飞绿字，
草色上青袍。
月化三秋水，
松惊五夜涛。
吾生随所托，
不必苦形劳。

杏榭

不必桃源去，
春光更不同。
月明游小凤，
雨霁挂长虹。
人在红云裹，
花开碧沼中。
谁栽池上满，
吾欲问东风。

半桥

彩虹当槛落，
树裹一桥成。
月向池边皎，
天从水底清。
花飞鱼啖影，
泉响鹤吞声。
漫倚红栏立，
林光满目生。

老梅

种自罗浮至，
何年植水旁。
月明四壁影，
云冷一池香。
古意偕松柏，
闲情寄雪霜。
岂如何刺史，
官阁挹幽光。

藕花书屋

纤尘吹不到，
一水护疏篱。
破壁藤萝系，
危栏竹筱持。
鸟听春诵惯，
琴和夜吟迟。
寄畅还宜暑，
香云满碧池。

花蕊泉

想从山下出，
几历白云村。
一勺终归海，
长流自有源。
泛沙明见底，
积雨屡添痕。
静听泉香夜，
无人月色昏。

古柏

碧空飞远翠，
独得老松邻。
材大难为用，
风高孰与亲。
山川寒尽日，
雷雨却余身。
三复杜陵咏，
青柯直有神。

浦阳书院中

［南宋］郑刚中

弱云障阴黑，
疏雨弄纤细。
寒灯不生花，
庭户起愁吹。
虫话已停声，
夜半亦何啻。
失手置书卷，
抚心自惊悸。
念此十年间，
分明随梦寐。
一从双鹤飞，
顾影亦憔悴。
病添女子愁，
贫丧丈夫志。
远去松楸旁，
团聚类儿戏。
千金买卜龟，
所用良失计。
孤悲愈绸缪，

万感集肠胃。
卷被拂空床，
斑斑落清泪。

浦阳书院八景

［清］何子祥

层阁披云

四山多白云，
随风到层阁。
飘飘巾带间，
披对逞遥瞩。
星斗若可扪，
雷雨或交触。
人文倬天章，
雅诗赓棫朴。

长廊听雨

夜雨洒桐阶，
更阑人语静。
修廊隔东西，
点滴若相应。
寒焰拨书灯，

清音间僧磬。
巡檐苦吟人，
耽此闲中听。

梅轩春信

东风剧有情，
为报庭梅信。
疏影当阶斜，
花与人俱韵。
惟应铁石心，
密契两相印。
遥思上林春，
因风递芳讯。

桂院秋香

秋花比春花，
佳种莫如桂。
鹫岭移仙根，
带雨姿逾媚。
植之满院香，
馣馤袭衣袂。
独有青云客，
拈花惬芳意。

泮池塔影

泮水清且涟，
塔峰孤以迥。
委照良独奇，
隔城堕高影。
乃知宇宙间，
幻境即真景。
若非拓池滨，
何缘睹斯境。

水榭钟声

于论颂鼓钟，
宫墙瞻富美。
伟哉声远楼，
位置良有以。
古镛发鲸音，
中流泛瑶水。
余响入太空，
缥缈看云起。

柳岸吟风

溶溶春水波，
濯濯春日柳。
千条踠地垂，
绾得春风否。
绕岸踏晴沙，
行吟屡叉手。
为约听鹂人，
共酌花间酒。

石桥啸月

方池架石梁，
月影每先到。
金波与玉轮，
两两弄清照。
步屧携短筇，
流览起长啸。
愿言挥素琴，
对景写幽抱。

浦阳书院八景（录五）

［清］方岱济

层阁披云

高楼隐现一重重，
缥缈晴空紫气浓。
洞达八窗开四面，
五云深处是华峰。

长廊听雨

同志相将尽弟昆，
连床风雨数晨昏。
潇潇响彻修廊下，
好向蕉窗细讨论。

梅轩春信

何事山中去探奇，
轩前讯问有南枝。
向檐索取真消息，
春信先春春未知。

桂院秋香

小山飒飒响秋风，
一派天香散碧丛。
想得萧斋吟罢后，
折花人在月明中。

柳岸吟风

莺声呖呖动清吟，
携取双柑坐柳阴。
池上波纹新皱起，
远风来处好开襟。